WINTER BLOOD

COCREADOR & ESCRITOR
J. MICHALSKI

COCREADOR & ARTE
ANTONIO J. ROJO

PORTADA
ROJO

Cartem Cómics
Director editorial: Daniel Díez
Edición y revisión de textos: Elena Hernández
Maquetación: Antonio de Diego

© del guion, Jason Michalski
© del dibujo, el color y la rotulación, Antonio Rojo

© de esta edición, Cartem Cómics, 2026
Todos los derechos reservados

ISBN de la serie: 979-13-88003-43-1
ISBN de este número: 979-13-88003-44-8
D.L.: S 93-2026

BIEN, COMO CAMARADA MILITAR QUE SOY, LO ENTIENDO.

YO TAMBIÉN TRATARÍA DE DEJAR ESTA VIDA ATRÁS Y RETIRARME EN ESPAÑA, COMO HIZO SEAN CONNERY. JA, JA.

PUEDO BUSCAR OTRO RASTREADOR LOCAL O DOS.

GRACIAS POR COMPRENDERLO, CAMARADA.

GRACIAS POR RECIBIRME EN SU ENCANTADOR HOGAR, SEÑORA ROBINSON. SIENTO SI LE HE CAUSADO ALGUNA MOLESTIA.

NO HAY DE QUÉ, MAYOR KUZNETSOV. ESPERO QUE TODO SALGA BIEN.

WHUP·WHUP·WHUP·WHUP

NO ME GUSTA ESTO, FRANK. LA LOCALIZACIÓN EN EL MAPA ES LA MISMA QUE EL TÚMULO DE NAR.

PUES SÍ, Y EL MAYOR SABE QUE NO NOS CREÍMOS SU HISTORIA.

PERO ¿CÓMO PUDO SABER DEL TESORO? TÚ Y YO FUIMOS LOS ÚNICOS SUPERVIVIENTES.

NI IDEA, CARIÑO, PERO MEJOR PREPARARNOS PARA CUANDO REGRESE.

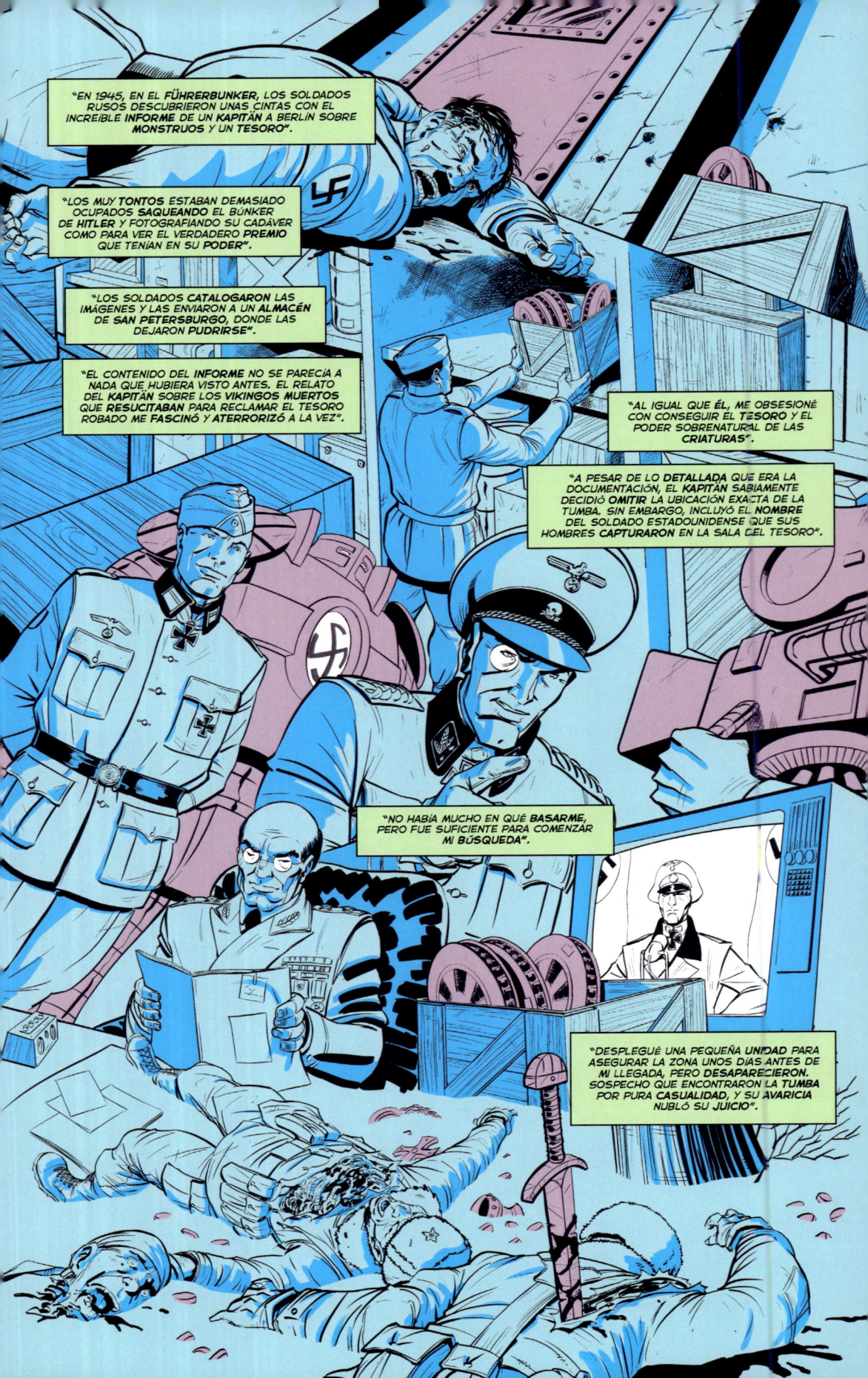

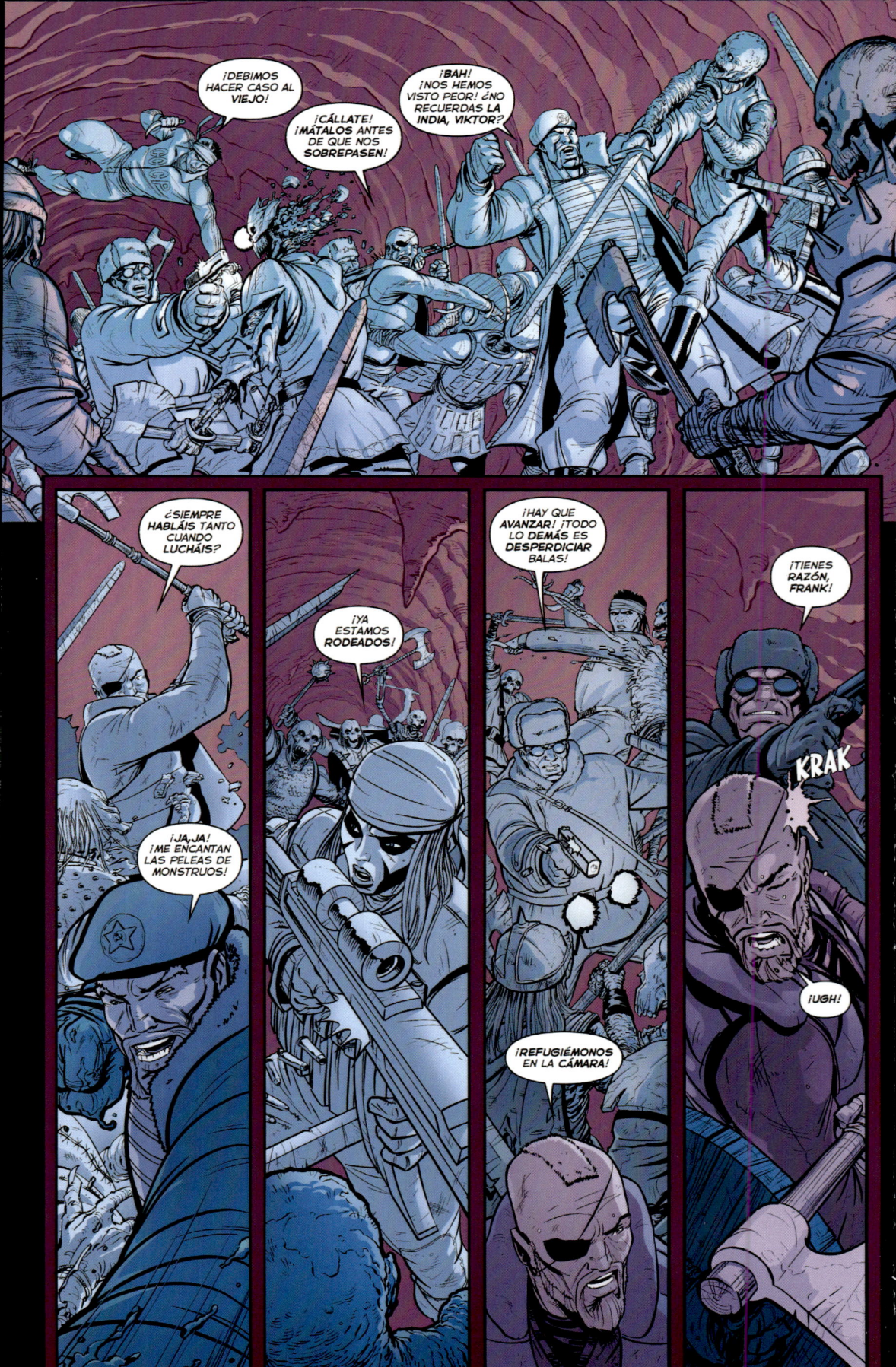

"¡DESPIERTA!"